SHAKESPEARE UND DIE BACON-MYTHEN

KUNO FISCHER

KAPITEL I.DAS SHAKESPEARE-GEHEIMNISS UND DER SHAKESPEARE-MYTHUS.

Als mir die ehrenvolle Aufforderung zu Theil wurde, in der Deutschen Shakespeare-Gesellschaft zu Weimar am heutigen Tage die Festrede zu halten, war jüngst ein stattliches, bilderreiches, kostbares Werk erschienen, das unter den litterarischen Tagesereignissen viel von sich reden machte und, obwohl seitdem fast ein Jahr verflossen ist, doch in unserer raschlebigen Zeit noch keineswegs zu den Verschollenen gehört. Es trug die Aufschrift "Das Shakespeare-Geheimniß" und darunter das Brustbild eines Mannes, das allen Lesern sogleich das Geheimniß verkünden und zurufen sollte: "Ich bin es! So sah der Mann aus, der Romeo und Julia, Hamlet, Lear und Othello, Julius Cäsar, Coriolan u. s. w. gedichtet hat!" Das Bild aber war der Kopf Bacons nach einem Portrait, welches ein niederländischer Maler im Jahre 1618 von dem damaligen Großkanzler Englands gemalt hat.

Wie die Wahrheiten, so müssen auch die menschlichen Irrthümer, sobald sie einmal die öffentliche Bahn betreten haben, alle Stadien der Begründung durchlaufen, bis jene ihre Sache völlig gewonnen, diese aber die ihrige völlig verloren haben. Die sogenannte "Bacon-Theorie", nämlich die Ansicht, daß der Verfasser der nach Shakespeare genannten weltberühmten Dichtungen nicht William Shakespeare, sondern Francis Bacon sei, blickt heute auf eine fast vierzigjährige litterarische Laufbahn zurück. Keine litterarische Controverse hat in der zweiten Hälfte dieses Jahrhunderts ein breiteres Aufsehen erregt und mehr Federn in Bewegung gesetzt, als diese Streitfrage, von der früher wohl niemand geglaubt hätte, daß sie jemals ernstlich gestellt werden könnte.

Freilich soll A. Gfrörer, damals Bibliothekar in Stuttgart, schon vor mehr als fünfzig Jahren mündlich geäußert haben, daß nach einem halben Jahrhundert von William Shakespeare die Rede sein werde, wie in der neueren Geschichtsforschung von Wilhelm Tell. Indessen war Gfrörer kein Prophet und ein Mann von äußerst wandelbaren Meinungen. Aus einem sehr ungläubigen Protestanten, wie er damals war, wurde er zehn Jahre später ein sehr fanatischer Katholik (1853).

Schon im Jahre 1884 hatte sich über die Bacon-Shakespeare-Controverse eine solche Masse von Litteratur in größeren und kleineren Schriften angehäuft, daß ihre

Zahl auf 255 gestiegen war. Davon waren 161 amerikanischen, 69 englischen Ursprungs; 117 hatten sich für die Autorschaft Shakespeares erklärt, 73 dawider. Im Jahre vorher (1883) waren allein 61 Schriften über die Frage erschienen

Es ist kein uninteressantes, auch kein der Aufmerksamkeit der Shakespeare-Freunde und -Forscher unwürdiges Thema, den Ursprung, die Art der Entstehung und Fortpflanzung einer so seltsamen, so irrigen und gegenwärtig so verbreiteten Vorstellungsweise näher ins Auge zu fassen und auf ihren Grund, ihre Beweisarten und ihre Resultate zu prüfen. Wie ist es gekommen, daß in der zweiten Hälfte des 19. Jahrhunderts, dieses Jahrhunderts der Kritik, wie man das unsrige mit Recht genannt hat, mit einem Male die Idee von einem "Shakespeare- Mysterium" auftaucht, daß man Bücher über den "Shakespeare-Mythus" schreibt, welche beweisen wollen, daß der Dichter William Shakespeare eine mythische Figur sei, die als "den süßen Schwan vom Avon" Ben Jonson nur zum Schein besungen und verherrlicht habe? In Wahrheit sei dieser William Shakespeare ein Bauernjunge aus Warwickshire, ein roher und gemeiner Fleischergeselle in Stratford gewesen, der nach einer Reihe thörichter und schlechter Jugendstreiche, nach einer eiligen und unglücklichen Heirath, nach Wilddiebereien und boshaften Pamphleten gezwungen war, seine Vaterstadt zu verlassen; flüchtig, arm und verlumpt sei er nach London gekommen, bei den Theatern an der Themse erst Pferdejunge, dann Theaterdiener, Statist, Schauspieler, zuletzt Theaterdirector oder Unternehmer geworden und habe als solcher die Stücke anderer bearbeitet, in Scene gesetzt und aufgeführt. Als ein kluger und betriebsamer Geschäftsmann, der er war, habe er auf diesem Wege viel Geld verdient, seinem heruntergekommenen Vater und dadurch sich selbst ein Wappen erworben, seine Capitalien in Grundbesitz, namentlich in Stratforder Häusern, Ländereien und Renten angelegt. Der Name Shakespeare bedeute demnach nicht den Autor, sondern den Bühnenbearbeiter und Regisseur, den Eigenthümer und Herausgeber, gewissermaßen die Firma jener hochberühmten Schauspiele, welche die Shakespeare-Dramen heißen, und deren erste Gesammtausgabe sieben Jahre nach dem Tode Shakespeares erschien.

Dies ist kurz gefaßt der Kern des sogenannten Shakespeare-Mythus, wie denselben Appleton Morgan, ein amerikanischer Advocat, in seinem Buche darüber auszuführen gesucht hat (1881). Wer waren nun die Verfasser der Stücke? Einer oder Viele? Bekannte oder unbekannte Männer? Nach Morgans Ansicht waren es viele, bekannte und unbekannte. Es mag manche dunkel gebliebene Gelehrte gegeben haben, deren Feder der findige Unternehmer gebraucht hat. Wer weiß, wie sie hießen und in welchen Dachstübchen Londons sie verkümmern mußten! Einer der Verfasser von bekannter Größe sei Bacon gewesen.

Weil aber ein Orchester die Symphonie nicht macht, sondern das Werk ausführt, welches ein Einziger erzeugt hat, so könne der Verfasser der Shakespeare-Dramen auch nur einer gewesen sein. Dieser eine war Bacon: so lautet die ausgemachte Bacon-Theorie.

KAPITEL II.DAS BACON-GEHEIMNISS.

1. Der Beweis aus dem Mangel aller Beweise.

Da nun alle urkundlichen Zeugnisse irgend eines Zusammenhanges zwischen Bacon und Shakespeare gänzlich fehlen, so haben die Baconianer, wie man sie nennt, aus der Noth eine Tugend gemacht und den völligen Mangel aller sachlichen Beweise für den Beweis der Sache ausgegeben: so geflissentlich und so gründlich habe Bacon alle Spuren vertilgt, die seine Autorschaft hätten verrathen können! Da er von einer gleichzeitigen Größe, wie Shakespeare, hätte reden müssen, nirgends aber geredet hat, so habe er absichtlich aus tief versteckten Gründen geschwiegen, welche letztere sich der eindringenden Nachforschung daraus erklären, aber auch nur daraus: daß er selbst Shakespeare war! Alle urkundlichen Gegenbeweise aber, deren es viele und unumstößliche giebt, gelten für Schliche und Machinationen, um die Autorschaft Bacons zu verbergen und die Welt zu dupiren.

Niemals, solange es eine historische Kritik giebt, hat man dem Mangel aller Urkunden und Zeugnisse eine solche Beweiskraft zugeschrieben. Ueber Bacon, den Dichter der Shakespeare-Dramen, herrscht ein absolutes Schweigen, er ist in den Schleier des tiefsten Geheimnisses gehüllt: darin besteht das Bacon-Geheimniß. Wo sich aber ein Mysterium findet, da werden wohl auch die Mythen nicht ausbleiben.

2. Bacon und Shakespeare.

Auf den ersten Blick mag es ja auffallend genug sein, daß die beiden berühmtesten Männer aus dem Zeitalter der Elisabeth und Jakobs I. einige Jahrzehnte in London zugleich gelebt haben und einander fremd geblieben sind, obwohl es nicht zweifelhaft sein kann, daß jeder vom andern gewußt hat.

Indessen wie weit auch die Charaktere und Schicksale, die Stellungen und Laufbahnen beider Männer von einander entfernt waren, und wie grundverschieden ihre Ansichten vom Werthe des Lebens und der Welt sein mochten, so hat sich doch der Genius eines großen Zeitalters, dessen mächtigste Söhne sie waren, in beiden wirksam erwiesen und gewisse übereinstimmende Auffassungen vom Wesen und der Natur des Menschen hervorgerufen.

Bacon verlangt eine Sittenlehre, die nicht auf abstracte Vorschriften, sondern auf wirkliche Menschenkenntniß, auf das Studium menschlicher Charaktere und Leidenschaften gegründet sein soll; die Sittenlehrer sollen nicht Kalligraphen sein, wie die Schreiblehrer: er fordert eine Naturgeschichte der Affecte, die man uns nach dem Leben schildern möge, wie sie entstehen und wachsen, wie sie erregt und gesteigert, wie sie gemäßigt und bemeistert werden; wie man sie fängt, den Affect durch den Affect, wie auf der Jagd Thiere durch Thiere. Um die menschlichen Charaktere und Leidenschaften zu studiren, verweist Bacon die Sittenlehre auf die Geschichtschreiber und Dichter. Er hätte statt aller einen einzigen nennen sollen, der in seinen dramatischen Werken die mannichfaltigsten, gehaltvollsten und wahrsten Menschenbilder geschaffen hat: seinen Landsmann und Zeitgenossen William Shakespeare. Wie Bacon den Menschen von Seiten der Sittenlehre studirt und erkannt wissen will, so hat ihn Shakespeare dargestellt und gedichtet.

Wie man den Affect durch den Affect fängt, so wie auf der Jagd Thiere durch Thiere! Ich meine in Shakespeares "Cäsar" den Decius Brutus zu hören, wie er im Rathe der Verschworenen sich anheischig macht, den Herrscher in den Senat zu locken:

"Ich übermeist're ihn. Er hört es gern,

Das Einhorn lasse sich mit Bäumen fangen,

Der Löw' im Netz, der Elephant in Gruben,

Der Bär mit Spiegeln und der Mensch durch Schmeichler.

Doch sag' ich ihm, daß er die Schmeichler haßt,

Bejaht er es, am meisten dann geschmeichelt.

    Laßt mich gewähren,

Denn ich verstehe, sein Gemüth zu lenken,

Und will ihn bringen auf das Capitol."

Zu der Sittenlehre gehört auch die Pflichtenlehre, die uns vorschreibt, was wir thun sollen. Hier vermißt Bacon die Lehre von den entgegengesetzten Lastern, die uns zeigen möge, was die Menschen wirklich thun, wie sie jene bösen Künste der Falschheit und Täuschung ausüben, klug wie die Schlangen, aber keineswegs ohne Falsch wie die Tauben. Diese bösen Künste gleichen dem gefährlichen Basilisken, bei dem, wie die Fabel sagt, alles darauf ankomme, wer den ersten Blick hat. Erkennen wir den Basilisken, bevor er uns anblickt, dann sind wir gerettet; im andern Fall sind wir gebannt und verloren. Daher empfiehlt Bacon, den Macchiavelli zu studiren, der in seinem Buche vom Fürsten diese Künste der Falschheit und Täuschung unübertrefflich geschildert habe. Genau so hat Shakespeare diese «malae artes» personificirt in seinem "Richard III.":

"Ich will mehr Schiffer als die Nix ersäufen,

Mehr Gaffer tödten als der Basilisk,

Ich will den Redner gut wie Nestor spielen,

Verschmitzter täuschen, als Ulyß gekonnt,

Und Sinon gleich ein zweites Troja nehmen.

Ich leihe Farben dem Chamäleon,

Verwandle mehr wie Proteus mich

Und nehme den mörderischen Machiavell in Lehr'."

Solche und eine Reihe ähnlicher Uebereinstimmungen zwischen Bacon und Shakespeare habe ich stets mit hohem Interesse verfolgt, aber nie etwas anderes daraus hergeleitet als ein Zeugniß jener Ideenverwandtschaft, die zwischen den führenden Geistern einer Weltepoche zu herrschen pflegt. Der größte Philosoph und der größte Dichter des Elisabethanischen Zeitalters! Ich bin so oft bei dem Studium des Einen an gleichartige Anschauungen des Andern erinnert worden, daß ich lebhaft wünschte, es möchten sich von den persönlichen Eindrücken, welche der Eine von dem Andern gehabt hat, insbesondere Bacon von Shakespeare, einige sichere Spuren auffinden lassen. Als daher die Bacon-Shakespeare-Controverse so viele Federn zu beschäftigen anfing, habe ich zwar niemals gezweifelt, daß die "Baconianer" einer in die Luft gebauten Hypothese nachtrachteten, aber ich habe mit einem ihrer amerikanischen Gegner gehofft, daß diese Untersuchungen über manche am Wege gelegenen Punkte ein unerwartetes Licht verbreiten könnten: interessante «side-lights» und «collateral information», wie John Weiß solche beiläufige Gewinne genannt hat. Aber meine Hoffnungen sind weniger erfüllt worden als die seinigen.

Die Baconianer sind von ihrem Dogma zu sehr besessen und verhalten sich zu der Frage nicht als Kritiker und Forscher, sondern wie Advokaten, die immer bestrebt sind, die Gegengründe, auch die solidesten, wegzureden aber zu ignoriren, die Scheingründe dagegen, auch die losesten, durch alle möglichen superlativen Verstärkungen einzureden und zu verdichten; sie beweisen nicht, sondern plaidiren: sie plaidiren pro Bacon contra Shakespeare und behandeln die ganze Controverse als «plea».

Es ist nicht zufällig, daß unter den Wortführern der Baconianer sich einige Advokaten besonders hervorgethan haben. Sobald sie auf William Shakespeare zu sprechen kommen, reden sie wie von einer Gegenpartei, deren Verurtheilung auf alle Art zu betreiben sei. Unwillkürlich gerathen sie daher in den Ton der Schmähung. Da heißt es: "dieser Bauernjunge, dieser Fleischerlehrling, dieser Wilddieb, dieser Taugenichts" u.s.f. Wenn es sich darum handelte, W. Shakespeare heilig zu sprechen, so würde Hr. A. Morgan nicht übel zum advocatus diaboli taugen, vorausgesetzt, daß er noch heute so denkt, wie vor fünfzehn Jahren.

Während nun die Baconianer unaufhörlich von einem "Shakespeare-Mythus" neben, der zu Gunsten Bacons von Grund aus zerstört werden müsse, häufen sie selbst Mythen über Mythen auf Bacon, d. h. sie lassen denselben eine Menge Dinge sagen und thun, die er nie gesagt und nie gethan hat. Von diesen Bacon-Mythen will ich reden, indem ich ihren Gang, gleichsam ihre Etappen verfolge von den vermeintlichen äußeren und äußerlichen bis zu den vermeintlichen inneren und innersten Gründen, auf welche sich die Behauptung stützt: daß Bacon den Dichter Shakespeare gewesen sei.

3. Unparteiische Stimmen für und wider.

Hören wir zuvor noch einige Stimmen von England her, die sich über die

Frage geäußert haben, ohne darüber zu streiten.

Nach dem Tode des Lord Palmerston (1865) hat man unter anderen Merkwürdigkeiten von diesem Staatsmann erzählt, daß er gern mit litterarischen Dingen Staat gemacht und öfter die paradoxe Meinung hingeworfen habe: nicht Shakespeare, sondern Bacon sei der Verfasser der nach jenem genannten Stücke gewesen; gelegentlich habe der Lord das Buch einer amerikanischen Dame herbeigeholt, worin die Sache bewiesen sei. Es war die Schrift der Ms. Delia Bacon, die, wohl von ihrem Namen geblendet, die fixe Idee gefaßt hatte, daß Lord Bacon das System feiner politischen Philosophie in einer Reihe von Schauspielen, die der Hand Shakespeares anvertraut waren, der Zukunft offenbart habe. Der "Hamlet" habe gleichsam das Programm der ganzen Serie enthalten. Um ihre Idee zu beweisen und auszuführen, ist Ms. Delia Bacon nach England gegangen und hat nach vielen Leiden und Entbehrungen ihre Irrfahrten im Irrenhause geendet. Wenn es Märtyrer des Irrthums giebt, so war diese unglückliche Frau ein solcher Märtyrer. Sie ist durch ihre Schriften aus den Jahren 1856 und 1857 die Anfängerin, wenn nicht die Begründerin der Bacon-Theorie geworden.

Weit gewichtiger und interessanter als die Späße des Lord Palmerston sind die Aussprüche eines Mannes, wie Thomas Carlyle, der die Heroen des Geistes zu würdigen wußte und dazu den Ernst und die Tiefe der Einsicht wie der Kenntnisse besaß. Er hat sich von Ms. Delia Bacon besuchen lassen, ihre Ansichten angehört und darauf gesagt: "Ihr Bacon hätte ebenso gut die Erde erschaffen können, wie den Hamlet!" Einem gleichzeitigen Briefe an einen amerikanischen Freund hat er die Nachschrift hinzugefügt: "Ihre Landsmännin ist verrückt". Viele Jahre vorher, in seinen Vorlesungen über die Heroen und deren Verehrung, hatte Carlyle auch von Bacon und Shakespeare gesprochen und hier erklärt: daß jener mit allem Geist, den er gehabt und in seinen Werken dargelegt habe, diesem gegenüber nur secundär sei, denn Shakespeare war ein Schöpfer, was Bacon nicht war. Seit den Tagen Shakespeares sei nur Einer erschienen, der an ihn erinnere: dieser Eine und Einzige sei Goethe.

Der jüngste Herausgeber der Gesammtwerke Bacons und sein Biograph, James Spedding in Cambridge, gegenwärtig wohl die erste Autorität in Sachen Bacons, ist wiederholt nach seiner Ansicht gefragt worden und hat sich gegen die Bacon-Theorie völlig ablehnend verhalten. Er hat einem ihrer Hauptvertreter geantwortet: wer auch die Stücke Shakespeares geschrieben haben möge, einer gewiß nicht, nämlich Bacon.

KAPITEL III.DIE ERSTE ART DER BACON-MYTHEN.

1. Bacon als Quelle des Northumberland-Manuscripts.

Im Jahre 1867 ist in der Bibliothek des Grafen Northumberland zu London ein altes handschriftliches Buch aufgefunden worden, verstümmelt, defect, angebrannt, welches Abschriften baconischer, shakespearischer und anderer Werke enthalten hat. Es enthält noch vier Reden Bacons vollständig (wenn auch etwas beschädigt), von denen bisher nur ein Theil bekannt war. Diese Reden hatten den Zweck, die Königin am Queensday, dem Jahrestage ihrer Krönung, zu feiern. Es galt die Feier des 17. November 1592, als Elisabeth 34 Jahre glorreich regiert hatte.

Bacon componirt das aufzuführende Festspiel. Vier Personen berathen die Feier: die erste Rede gilt dem Preise der Tapferkeit, die zweite dem der Liebe, die dritte dem der Erkenntniß, die vierte der Königin selbst, die alle diese Tugenden in sich vereinige. Die Rede «The praise of knowledge» ist höchst interessant. Man erkennt darin den neuerungslustigen Philosophen, den Verfasser des "Neuen Organon", das erst 28 Jahre später erschien. Das Festspiel heißt «A conference of pleasure». Unter diesem Namen hat Spedding das Northumberland- Manuscript herausgegeben (1870).

Auf dem ersten Blatte dieses paper book steht die Angabe des Inhalts, worunter sich auch die Titel: "Richard II." und "Richard III." befinden. Aus demselben Blatte stehen gekritzelt einigemale der Name "Francis Bacon" und acht- bis neunmal der Name "William Shakespeare", offenbar von der Hand des Abschreibers, der nach Speddings positiver Erklärung Bacon nicht war. Stammt das Manuscript, wie Spedding meint, aus dem Zeitalter der Elisabeth, so ist dies vielleicht die einzige handschriftliche Stelle aus jenen Tagen, wo die beiden Namen Bacon und Shakespeare unmittelbar neben einander gestellt sind. Das ist recht interessant, beweist aber für die Bacon-Theorie nicht das Mindeste.

Von "Richard II." und "Richard III." findet sich nichts als die Namen im Inhaltsverzeichniß. Nun meinen die Baconianer, daß dieses Manuscript unmittelbar oder mittelbar von Bacon selbst herrühre, daß es den handschriftlichen Text jener beiden Historien enthalten habe, noch bevor dieselben gedruckt waren, ja sogar, wie einige zu glauben scheinen, nicht bloß enthalten habe, sondern noch enthalte!

Wenn man diese Fictionen addirt, so ergiebt sich als Totalsumme der Mythus: daß Bacon die Shakespearischen Historien verfaßt habe, denn wer die erste und letzte vor dem Drucke aufgezeichnet hat, wird wohl den ganzen Cyklus geschrieben haben.

2. Bacon als geheimnißvoller Dichter. Das Sonett.

"Richard II" war gedruckt und "Heinrich V." so gut wie vollendet, als die Königin im März 1599 ihren Liebling, den Grafen Essex (keineswegs wider seinen Willen, sondern auf seinen dringenden Wunsch), als Statthalter nach Irland schickte, um die dortige Rebellion schnell niederzuwerfen. Alle Welt erwartet seine baldige siegreiche Rückkehr. Shakespeare hat dem letzten Act "Heinrichs V." einen Prolog vorausgeschickt, worin er den Grafen schon als Triumphator begrüßt und mit dem Sieger von Agincourt vergleicht.

Plötzlich kehrt Essex unverrichteter Dinge und eigenmächtig nach London zurück (Sept. 1599) und überrascht die Königin in ihrem Palaste Nonsuch. Die ihm zärtlich gesinnte, aber mit Recht erzürnte Herrscherin beschließt, ihn richten und strafen zu lassen nicht «_ad ruinam__», wie sie sagt, sondern «_ad correctionem__» und «_ad reparationem__». Sie hat damals mit Bacon, einem ihrer außerordentlichen juristischen Räthe, dem Freunde und Günstlinge des Grafen Essex, öfter über diese Angelegenheit gesprochen. Eines Tages (im September 1600) kündigt ihm die Königin an, daß sie in seiner Sommerwohnung zu Twickenham-Park zu Mittag essen wolle. Auf diese Veranlassung verfaßt Bacon ein Sonett, um die Königin zu feiern und für den damals verbannten Essex günstig zu stimmen.

Er selbst erzählt diese Begebenheit in seiner späteren Vertheidigungsschrift wegen seines Verhaltens zu und gegen Essex. "Ich hatte", so schreibt er, "ein Sonett verfertigt, obgleich ich mich nicht für einen Dichter ausgebe (though I profess not to be a poet.)" Die Baconianer aber lassen ihn sagen: "obwohl ich nicht bekenne, daß ich ein Dichter bin". Er ist also nach seinem eigenen Geständniß ein heimlicher Dichter, ein Dichter incognito, d. h. Shakespeare!

Aus einem heimlichen Dichter, d. i. aus einem Manne, der sich nicht für einen Dichter hält und ausgiebt, aber in gelegener Stunde sein Sonett macht, auch wohl ein Festspiel componirt, wird ein geheimnißvoller Dichter, von dem man nach drei Jahrhunderten entdeckt, daß er Shakespeare war. Niemals ist ein Gedicht so ergiebig, so fruchtbar gewesen, wie dieses Sonett, denn es hat in den Köpfen der Baconianer 36 Dramen und 154 Sonette geboren!

3. Bacon als staatsgefährlicher Dichter.

Kaum hat Bacon in seiner eben erwähnten Apologie, beiläufig gesagt, dem Muster- und Meisterstück einer Denkschrift, die Geschichte von jenem Sonette erzählt, so macht er unseren heutigen Baconianern alsbald noch ein zweites höchst merkwürdiges und folgenreiches Geständniß.

Ich will vorausschicken, daß Bacon, einer der berühmtesten und bewährtesten Parlamentsredner Englands, die Kunst der kurzen, treffenden, bildlich einleuchtenden Rede in hohem Maße besaß und geflissentlich auszubilden bedacht war. Antworten solcher Art gehörten zu seinen Specialitäten. Es waren, wie man heute sagt, "geflügelte Worte", die von seinem Munde weg- und anderen zuflogen, die sie weitertrugen, wohl auch selbst gesagt haben wollten. Die Königin liebte solche Reden und Antworten und wußte sie zu erwidern.

Nun hatte ein Dr. Hayward dem Grafen Essex eine Schrift gewidmet, die von dem ersten Regierungsjahre Heinrichs IV., also von der Entthronung Richards II. handelte. Die Königin hegte den schlimmsten Verdacht, sie witterte hochverrätherische Absichten und wollte den angeblichen Verfasser einsperren und foltern lassen, um den wirklichen zu erfahren. Bacon suchte die Herrscherin zu begütigen und ihr die Schrift als unverfänglich darzustellen; es sei nicht Verrath darin enthalten, sondern Felonie, der Verfasser habe nicht den Thron gefährdet, sondern den Tacitus bestohlen; die Königin möge nicht den Mann, sondern seine Feder auf die peinliche Frage stellen, d.h. den Verfasser in der Clausur die Schrift da fortsetzen lassen, wo er dieselbe abgebrochen habe; dann wolle er (Bacon) schon erkennen, ob Hayward der Verfasser sei oben nicht.

In seiner Erzählung, die von jenem Sonette herkommt, fährt Bacon so fort: "Um dieselbe Zeit, in einer Sache, die mit dem Processe des Grafen Essex einige Verwandtschaft hatte, gedenke ich einer meiner Antworten, die, obwohl sie von mir ausging, später in anderer Namen umlief". So hat er gesagt. Nun aber läßt man ihn sagen (indem die Uebersetzung ein Wörtchen einfügt, welches nicht im Text steht): "Um dieselbe Zeit erinnere ich mich einer Antwort von mir in einer Sache, die einige Verwandtschaft mit des Lords Angelegenheit hatte, und die, obgleich sie von mir ausging, dann in anderer Namen umlief".

Demnach wäre, was von Bacon ausging, nicht jene Antwort gewesen, die er der Königin gab, sondern die Sache, die mit dem Proceß des Grafen zusammenhing, d. h. die Darstellung der Entthronung Richards II.; die Anderen aber, in deren Namen die Sache später umlief, seien Dr. Hayward und William Shakespeare. Hier also habe Bacon selbst bekannt, daß er "Richard II." verfaßt und aus Furcht vor dem Zorn der Königin sich hinter Shakespeare als seinen Strohmann versteckt habe.

Die offene Empörung des Grafen, die er mit seinem Tode als Hochverräther gebüßt hat, geschah am 8. Februar 1601. Am Nachmittag des 7. wurde vor den Verschworenen "Richard II." aufgeführt, um sie sehen zu lassen, wie man einen König entthrone. Dieses Stück war aber nicht, wie man vielfach angenommen hat— auch ich habe mich darin geirrt—, Shakespeares gleichnamige Historie, die auch zu dem revolutionären Zweck schlecht gepaßt hätte, sondern nach gerichtlicher Aussage und Feststellung ein altes Stück (old play), das seine Zugkraft verloren hatte, weshalb den Schauspielern ein höherer Preis für die Aufführung gezahlt wurde.

Shakespeares "Richard II." war 1597 erschienen. Es ist schon deshalb unmöglich, daß Bacon aus Beweggründen der Furcht, wozu die Anlässe erst in den Jahren 1599 bis 1601 eintreten konnten, schon drei Jahre vorher sich hinter Shakespeare versteckt haben soll.

Dies ist der Mythus von Bacon als dem Verfasser "Richards II.", noch dazu in staatsgefährlicher Absicht, die nie einem Menschen ferner lag, vielmehr so sehr zuwiderlief als ihm. Hier ist ein ganzes Nest von Bacon-Mythen, verworrener Chronologie und falschen Interpretationen!

Essex und seine Freunde, darunter der auch durch Shakespeare berühmte Graf Southampton, die Bacon gerichtlich hatte verfolgen müssen, waren am Hofe zu Edinburg bei Jakob VI., dem Sohne der Maria Stuart, dem Thronfolger der Elisabeth, wohl angesehen. Gleich nach dem Tode der Königin verfaßte Bacon jene Denkschrift, in der seiner dem Grafen Essex erwiesenen guten Gesinnungen und Dienste ausführlich gedacht war, namentlich auch jenes Sonetts, das er zu Essex' Gunsten in der Stille von Twickenham Park gedichtet hatte. Jetzt war Zeit, daran zu erinnern. Er hatte im Interesse und Dienste des Grafen Essex auch Festspiele componirt, ohne sich als deren Verfasser zu rühmen. Dies alles mochte dem Dichter John Davies bekannt sein, der ihm befreundet, bei König Jakob beliebt und zu demselben gereist war. An diesen seinen Freund schrieb Bacon am 28. März 1603 (gleich nach dem Tode der Königin) und empfahl sich ihm mit dem Wunsche, er möge heimlichen Dichtern gut sein (desiring you to be good to concealed poets).

Dieses Schlußwort des Briefchens erscheint unsern Baconianern außerordentlich bedeutsam. Hier nennt sich Bacon selbst einen heimlichen Dichter, er lüftet auf einen Augenblick den Schleier seines großen Geheimnisses, und man erkennt sogleich—die Züge Shakespeares!

4. Bacon "unter anderem Namen".

Die Würden und Titel, welche Bacon auf der Höhe seiner Laufbahn empfing, haben seinen Namen in gewisser Weise verändert. Als er im Jahre 1618 "Bacon von Verulam" geworden war, schrieb er sich "Francis Verulam". Nachdem ihn der König in den ersten Tagen des Jahres 1621, kurz vor seinem schmählichen Sturz, vor feierlich versammeltem Hofe zum "Viscount von St. Alban" erhoben hatte, hieß er und schrieb sich "Francis St. Alban". Der Name Bacon verschwindet hinter dem Titel und der Würde des Pairs: derselbe verhält sich zu Verulam oder St. Alban, wie Cecil zu Salisbury, Pitt zu Chatham, Disraeli zu Beaconsfield. Niemand sagt "Pitt von Chatham", niemand sollte sagen "Bacon von Verulam", aber alle Welt braucht diese incorrecte Bezeichnung, selbst die Geschichte der Philosophie. Unter dem Namen "Bacon" oder "Bacon von Verulam" ist er weltberühmt, unter dem Namen "St. Alban" kennt ihn so gut wie niemand.

Nun schreibt Toby Matthew, einer seiner vieljährigen und vertrautesten Freunde, der zur römischen Kirche bekehrte Sohn eines englischen Bischofs, im Jahre 1623 an ihn als "Viscount von St. Alban" und sagt (wahrscheinlich im Hinblick auf das eben damals in lateinischer Sprache in neun Büchern erschienene Hauptwerk) in der Nachschrift seines Briefes: "Der wunderbarste Geist, den ich in meiner Nation und diesseits der See kennen gelernt habe, ist von Eurer Lordschaft Namen, aber bekannt ist er unter einem andern".

Hier sehen unsre Baconianer den Schleier des großen Geheimnisses nicht bloß gelüftet, sondern gefallen, und es erscheint—Shakespeare in Lebensgröße! "Ein höchst mysteriöses Postscript (most mysterious)", sagt Mrs. Henry Pott. Wen anderen könnte "der andere Namen" bedeuten als Shakespeare?

Das Räthsel löst sich, wie mir scheint, weit einfacher. Der Mann, dessen Werke die Welt kennt und bewundert, heißt nicht Viscount von St. Alban, sondern Bacon.

KAPITEL IV. BACON ALS DRAMATISCHER GESCHICHTSSCHREIBER.

Zwischen den beiden Tetralogien von "Richard II." bis "Richard III."
auf der einen Seite und "Heinrich VIII." auf der anderen liegt in der
Reihenfolge der Könige die Regierung Heinrichs VII., in der
Reihenfolge der Dramen eine Lücke. Nun meinen die Baconianer, daß zur
Ausfüllung der letzteren Bacons "Geschichte der Regierung Heinrichs
VII." geschrieben und dramatisch stilisirt war.

Diese Ansicht ist von vornherein verfehlt und mit den urkundlichen Thatsachen in
Widerstreit. Als Bacon unmittelbar nach seinem Sturz, von London verbannt, fern
von den historischen Quellen und Hülfsmitteln, binnen wenigen Monaten das
genannte Werk verfaßte, hatte er nicht die Absicht, eine Lücke zu ergänzen,
sondern die Geschichte Englands von der Vereinigung der Rosen bis zur
Vereinigung der Reiche, d. h. von Heinrich VII. bis Jakob I., zu schreiben. Er hat
dieses Werk, wie viele andere, nicht ausgeführt, aber noch den Anfang der
Geschichte Heinrichs VIII. hinterlassen: Beweises genug, daß sein Werk nicht eine
Lücke zwischen Richard III. und Heinrich VIII. auszufüllen bestimmt war.

Der Erste, der auf den dramatischen Stil dieses Werkes hingewiesen und daraus
Schlüsse gezogen hat, welche die Bacon-Theorie stützen sollten, war wohl Villeman
mit seinem Schriftchen «Un problème littéraire» (1878)einer der wenigen
Franzosen, die etwas zur Bacon-Theorie beigesteuert haben: ein Mangel oder eine
Enthaltung, die der französischen Litteratur keineswegs zum Vorwurf gereicht.

Wenn Bacon in seinem "Heinrich VII." erzählt, daß die Ursachen der Bürgerkriege
wie schweres, dichtes Gewölk über England hingen, so vernimmt Villeman die
Sprache Richards III.: "Die Wolken all', die unser Haus bedroht" u.s.f. Wenn es in

"Heinrich VII." heißt, daß eine Person sich entfernt oder die Scene gewechselt habe, daß die Schicksale der Wittwe Eduards IV. Gegenstand einer Tragödie hätten sein können, daß Perkin Warbeck (der falsche Richard) die Kunst eines vollendeten Schauspielers besessen, daß in einem Moment politischer Spannung sich der Adel Englands versammelt habe, wie die Personen eines Dramas bei der Lösung des Knotens u.s.f., so ruft Villeman seinen Lesern zu: "Hört! Er redet von Scene, Tragödie, Rolle, Schauspieler, dramatischem Knoten" u.s.f. Der Verfasser der Geschichte Heinrichs VII. sei ein dramatischer Schriftsteller; dieselbe Feder habe auch "Richard III.", die Historien, mit einem Worte Shakespeare geschrieben.

Wenn die jüngste Bacon-Theorie sich rühmt, die Entdeckungen des dramatischen Stils in Bacons "Heinrich VII." zuerst gemacht zu haben, so ist sie im Irrthum. Ob der theatralischen Bilder und Gleichnisse ein Dutzend oben einige Dutzende hergezählt werden, thut nichts zur Sache. Da ihre Beweiskraft gleich Null ist, so kann sie durch die Zahl der Beispiele nicht vermehrt werden. Bacon hatte das Drama die Geschichte in sichtbarer Gegenwart (historia spectabilis) genannt, wir nennen die Schaubühne "die Bretter, welche die Welt bedeuten", daher ist nichts natürlicher, als daß ein Geschichtschreiber seine Sprache öfter durch Bilder belebt, die an die Bühne erinnern. Daraus folgt nicht, daß der Historiker ein dramatischer Schriftsteller ist. Auch die vielen Blankverse, die in Bacons "Heinrich VII." sich mögen auffinden lassen, beweisen nicht, daß er Shakespeare war.

Zur Niederschlagung solcher Argumente hat es gedient, daß man sogleich eine Reihe theatralischer Gleichnisse aus Mommsen und eine Reihe Blankverse aus Macaulay angeführt hat: ein ebenso treffender wie amüsanter Gegenbeweis.

Was aber die parallelen Ausdrucksweisen (insbesondere in Bacons "Heinrich VII." und Shakespeares "Richard III."), diese sogenannten Parallelismen und deren Beweiskraft betrifft, die bei allen Vertretern der Bacon-Theorie eine so überaus wichtige Rolle spielt, so werde ich diese Schlußart gleich in dem folgenden Abschnitt etwas näher beleuchten.

KAPITEL V. DIE ZWEITE ART DER BACON-MYTHEN.

1. Bacon als der Kaufmann von Venedig.

Zu den verhängnisvollen Charakterschwächen Bacons gehörte der Hang, über seine Verhältnisse zu leben, mehr Geld auszugeben, als er hatte, und sich immer von neuem in Schulden zu stürzen. Oft und gern half ihm sein Bruder Anthony. Aber der Goldschmied Sympson in der Lombardstreet, dem er einen Wechsel von 300 Pfund schuldete, war ein ungeduldiger Gläubiger und ließ Bacon eines Tages, als dieser in wichtigen Geschäften aus dem Tower kam, auf offener Straße verhaften; auch wäre er sicherlich eingesperrt worden, wenn nicht schleunige Hülfe zur Hand gewesen wäre. Sie kam diesmal nicht von Bruder Anthony, sondern, wie es scheint, von amtlicher Seite.

Hier entdeckt sich nun unsern Baconianern plötzlich die schönste Uebereinstimmung zwischen diesem widerwärtigen Erlebniß Bacons im September des Jahres 1598 und dem "Kaufmann von Venedig", der bald nachher erschien. Der großmüthige und freigebige Kaufmann heißt Antonio, Bacons großmüthiger und freigebiger Bruder heißt Anthony: also ist Anthony gleich Antonio, Bacon mithin gleich Bassanio; der Goldschmied Sympson aber ist der Jude Shylock, beide haben denselben Anfangsconsonanten und dieselben Vocale. Wie merkwürdig! Wie überzeugend! Die Verhaftung Bacons als insolventen Schuldners ist das Original, der "Kaufmann von Venedig" ist das dramatische Abbild, das von ihm selbst verfaßte. Eine nette Art von Bacon-Mythen, nach welchen Bacon seine eigenen Lebensschicksale dramatisirt und durch Shakespeare auf die Bühne gebracht hat.

2. Der Schluß der drei Taugenichtse.

Hier ist nun die für die ganze Bacon-Theorie so charakteristische

Schlußart, daß sie eine nähere Beleuchtung verdient.

Anthony und Antonio haben denselben Namen, also ist Anthony gleich Antonio; Sympson und Shylock sind beide Wucherer, also ist Sympson gleich Shylock; Bacon wird verhaftet, der Kaufmann von Venedig wird auch verhaftet, also ist Bacon der Kaufmann von Venedig. Da aber Anthony schon Antonio ist und außerdem mit dem ganzen Handel nichts zu thun hat, so ist Bacon nicht Antonio, sondern muß Bassanio sein, der aber nicht verhaftet wird, und so dreht sich die Sache im sinnlosen Kreise.

Diese Art zu schließen ist bekanntlich eine der allerverpöntesten. Die Logiker nach Aristoteles nennen sie den positiven Schluß in der zweiten Figur. Um aber nicht schulmäßig zu reden, erlaube ich mir, dieselbe Sache etwas anschaulicher und concreter zu bezeichnen. Ich erinnere mich, daß eines unsrer lustigen Blätter einmal zum Spaß drei Taugenichtse beweisen lassen wollte, daß sie gute Leute seien; ihr Beweis lautete: "Aller guten Dinge sind drei, wir sind unser drei, also sind wir gute Dinge".

Ich will diesen Schluß, um die Schulsprache zu vermeiden, den der drei Taugenichtse nennen, indem ich den Ausdruck lediglich im logischen und bildlichen, keineswegs aber im moralischen Sinne gebrauche. Doch muß ich hinzufügen, daß nicht blos in dem angefügten Falle, sondern durchgängig die gesammte Bacon-Theorie sich die Façon dieses verpönten Schlusses angeeignet hat: es ist gleichsam der Tact, nach welchem sie marschirt.

3. Bacon als Othello.

In seinem Testament vom Jahre 1621 hatte Bacon seine Frau reichlich bedacht, auch in dem späteren Testamente vom December 1625 diese günstigen Bestimmungen wiederholt, aber nachträglich widerrufen aus gerechten und schwerwiegenden Gründen (for just and great causes). Der Grund war die inzwischen entdeckte Untreue der Frau. Hier haben einige Baconianer das Motiv zum Othello gewittert. Freilich erschien dieser 1622, während die Enterbung vom December 1625 datirt; freilich war der Othello schon gedichtet und aufgeführt, ehe Bacon geheirathet hat, aber das thut den Rechnungen der Mrs. Henry Pott keinen Eintrag.

4. Bacon als Katharina von Aragonien, Wolsey und andere gefallene Größen.

Bacon habe seinen Sturz, der ihm bekanntlich zur Schuld und Schande gereicht hat, "still und stolz" ertragen und diese Gesinnungsart in Personen wie Katharina von Aragonien, Buckingham, Wolsey u. a. dramatisch dargestellt.

In Wahrheit hat Bacon seine Richter um Barmherzigkeit angefleht und sich ein gebrochenes Rohr genannt: das war nicht "stolz". In Wahrheit ist er nicht müde geworden, um seine volle Wiederherstellung zu bitten: das war nicht "still". "Still und stolz!" Das klingt ja fast wie "edle Einfalt" und "stille Größe", wie Winckelmann die griechischen Kunstwerke charakterisirt hat.

KAPITEL VI.DIE DRITTE ART DER BACON-MYTHEN.

1. Bacon als Verfasser des Promus.

In einer Sammlung von Manuscripten, die im Brittischen Museum aufbewahrt werden, finden sich etwa 50 Folioseiten unter dem Titel "Vorrath musterhafter und anmuthiger Redewendungen (Promus of formularies and elegancies)", in Gruppen gesondert, als da sind Begrüßungsformen, Gleichnisse, Metaphern, Sprichwörter &c. Ein Theil dieses Promus ist nach Speddings Ansicht, der dem Ganzen keinen irgendwie bedeutsamen Werth zuschreibt, von Bacons Hand, weshalb er einige wenige Auszüge daraus in seine Gesammtausgabe der Werke aufgenommen hat. Dies geschah schon 1861.

Einige Jahrzehnte später hat eine englische Dame, Mrs. Henry Pott, den Promus vollständig herausgegeben (1883) und nach einer angeblichen Durchmusterung von mehreren tausend Büchern an 1655 Redewendungen nachweisen wollen, daß sie in der vorbaconischen Litteratur nicht, in der gleichzeitigen aber nur bei Shakespeare sich finden, welche sprachgeschichtliche Behauptung von sachkundiger Seite bestritten und widerlegt worden ist. Sie hat im "Promus" die Keime zu entdecken gemeint, woraus sowohl die Sonette, als auch die Dramen Shakespeares erwachsen seien, weshalb diese Dichtungen insgesammt nicht von Shakespeare, sondern nur von Bacon herrühren können. Diesen Beweis der Bacon-Theorie nennt sie den ersten aus einleuchtenden inneren Gründen (internal evidence)by Francis Bacon, illustrated and elucidated by passages from Shakespeare by Mrs. Henry Pott with preface by E. A. Abbot, London 1883._ Mit Appendix und Index zählt das Buch 658 Seiten, während Speddings Auszüge nur 13 Seiten betragen und von den auf Romeo und Julia bezogenen nichts enthalten.]

2. Der Promus als Quelle von Romeo und Julia.

Ich will nur diejenigen Blätter beachten, welche die Keime, gleichsam den Rohstoff und die Vorbereitung zu "Romeo und Julia" enthalten sollen und deshalb von Mrs. Henry Pott selbst für vorzüglich geeignet erklärt werden, ihre Ansicht zu beweisen. Mit gespannter Erwartung nehme ich die Blätter zur Hand, mit einer Enttäuschung ohne gleichen lege ich sie beiseite.

Da steht: "guten Morgen", "guten Abend", "gute Nacht", "Amen", "der Hahn," "die Lerche", ein lateinischer Vers, welcher die Knaben ermahnt, früh aufzustehen, aber nicht umsonst, «mane» nicht «vane»; ein lateinischer Vers, welcher den Schlaf ein falsches Bild des eisigen Todes nennt u.s.f.

Diese Brocken sollen unter den Händen Bacons sich in die Quellen verwandelt haben, denen die größte aller Liebestragödien entströmt ist!

Erst muß im Promus "guten Morgen" und «bon jour» gestanden haben, bevor Mercutio sagen konnte: «Signor Romeo, bon jour!» (II. 4). Erst wurde im Promus notirt: "Gute Nacht!", um den Mercutio sagen zu lassen: "Gute Nacht, Freund Romeo!" Nun erst konnte Julia sagen: "Und tausendmal gute Nacht!" (II. 2). Im Promus steht "Amen", um den Romeo auszurüsten und den Segenswunsch des Bruders Lorenzo bekräftigen zu lassen: "Amen! So sei's!" (II. 6).

Im Promus lesen wir nichts als das Wort "Lerche". Das soll der Keim sein, woraus das wundervollste aller Liebesgespräche hervorging: die

Worte Julias: "Es war die Nachtigall und nicht die Lerche!" die Worte

Romeos: "Die Lerche war's, die Tagverkünderin!"

Im Promus lesen wir den lateinischen Vers, welcher den Schlaf ein falsches Bild des eisigen Todes nennt. Dieser Vers sei der Text zu der Rede Lorenzos, worin er Julien die erstarrenden Wirkungen seines Schlaftrunkes schildert (IV. 1), der Text zu den Worten des alten Capulet, als er die Tochter in der Erstarrung vor sich sieht: "Der Tod liegt auf ihr, wie ein Maienfrost auf des Gefildes schönster Blume liegt!"

Nichts wäre erwünschter gewesen, als wenn auf diesen so ergiebigen Blättern einmal der Name "Romeo" gestanden hätte. Wirklich hat Mrs. Henry Pott ihn zu finden geglaubt: sie las «rome» und hielt es für die Abkürzung von Romeo. In Wahrheit aber stand nicht «rome» da, sondern «vane», wie von sachkundiger Seite nachgewiesen worden.

Wenn die Erinnerung der Amme an das Erdbeben vor elf Jahren auf die Entstehung der Dichtung zu beziehen ist, wie Delius gemeint hat, so würde die letztere in das Jahr 1592 fallen und also einige Jahre früher entstanden sein als der Promus, der am 5. December 1594 beginnt.

3. Die Vergleichung der Werke.

Wie dem auch sei, Mrs. Henry Pott hat eine neue Art Bacon-Mythen auf das Tapet gebracht: sie läßt Bacon Vorrathskammern anlegen und mit Worten und Wörtern füllen, um die Personen seiner Dramen damit zu speisen. In ihrer nächsten Schrift: "Hat Francis Bacon Shakespeare geschrieben?" (1885) hat sie bereits angefangen, die Werke Bacons mit den Werken Shakespeares zu vergleichen, z. B. die naturgeschichtliche Abhandlung über die Winde mit dem Lustspiel "Der Sturm", um deren innere Uebereinstimmung und Einheit zu erweisen; sie hat damit den Weg betreten und angebahnt, welchen die jüngste Bacon- Theorie auszubauen sich zur Aufgabe gesetzt hat.

Im übrigen befolgt ihre Beweisart genau jenen Tact, nach welchem der

Marsch der Bacon-Theorie sich richtet. Da der Promus und "Romeo und

Julia" eine Anzahl gleicher Worte und Wörter enthalten, so steht Romeo

und Julia im Promus.

KAPITEL VII.BACONS GROSSE GEHEIMSCHRIFT: MYTHUS ODER HUMBUG?

Die ganze Bacon-Theorie würde mit einem Schlage feststehen, wenn sich irgendwo eine verborgene oder versteckte Urkunde aufspüren ließe, worin Bacon selbst berichtet hat: daß er der Dichter war, William Shakespeare aber sein Werkzeug und ein Mensch von der Art, wie unsere Baconianer ihn vorstellen. Und da Bacon, wie aus seiner Lehre ersichtlich, sich mit der Kunst des Chiffrirens und Dechiffrirens beschäftigt hat, so wird er diese Urkunde wohl chiffrirt und der Nachwelt überlassen haben, den Schlüssel zu finden. Das große Bacongeheimniß in Chiffern! Eine solche Urkunde dürfte man füglich "die große Geheimschrift" nennen: great kryptogramm.

Aber wo sie finden? Am Ende hat sie Bacon in seinen eigenen Werken versteckt und zwar in denjenigen, welche den Inhalt seines großen Geheimnisses ausmachen, in seinen Shakespeare-Dramen, in deren erster Gesammtausgabe, hauptsächlich in den beiden Theilen Heinrichs IV. Nirgends steht hier der Name "Stratford", öfter dagegen der Name "St. Alban", noch öfter der Name "Francis". "Franz! Franz!" "Gleich, Herr, gleich!"—Wie Falstaff die Kaufleute plündert, schreit er: "Nieder mit euch, ihr Speckfresser (bacon-knaves)!"Da haben wir schon "Francis" und "Bacon", also "Francis Bacon"! Wie leicht sind die Worte schütteln (shake) und Speer (speare) anzutreffen: da haben wir Shakespeare. In einer Scene der "Lustigen Weiber" spielt der Knabe William seine Rolle. Also F r a n c i s B a c o n und W i l l i a m S h a k e s p e a r e wären da, die beiden Hauptagenten jener tief verborgenen Geschichte, die das Bacon-Geheimniß ausmacht!

Nun wird es nicht schwer halten, in der Folio-Ausgabe Worte und Wortklänge genug ausfindig zu machen, daraus die ganze Legende von Bacon als dem Verfasser "Richards II.", von "Richard II." als einem staatsgefährlichen Stück, von Hayward und dem Zorne der Königin, von Shakespeare als dem Stratforder Taugenichts und dem Londoner Schauspieler und Regisseur zu construiren und so zusammenzusetzen, wie es die fable convenue der Baconianer verlangt. Diese Geschichte soll dann Bacon selbst als Denkschrift verfaßt und die letztere mit seinen dramatischen Dichtungen dergestalt umwoben und durchsetzt haben, daß sie im Dickicht derselben tief verborgen ruht.

Die einzelnen Worte und Wortklänge, woraus sie besteht, haben in den Dramen eine andere Bedeutung als in der Denkschrift. In dieser sind sie Chiffern, nach rückwärts und vorwärts durch Abstände getrennt, die arithmetisch berechnet und durch Rechnung erkennbar sind oder sein sollen. Die Rechnung enthält den Schlüssel zur Dechiffrirung.

So ist die große Geheimschrift entstanden, welche der Amerikaner Ignatius Donnelly entdeckt haben will (1888), nachdem sie 265 Jahre lang dem Auge der Welt verborgen geblieben. Er hat sie aufgefunden, nachdem er sie zuvor e r f u n d e n und nach der Richtschnur der Legende, wie sie die Bacon-Theorie vorschreibt, aus den Worten der Dramen zu componiren sich abgemüht hat; er hat eine Anzahl incohärenter Bruchstücke mitgetheilt, den Schlüssel aber für sich behalten. Seit sieben Jahren wartet man vergeblich auf die Vollendung und die Lösung. Donnelly kann nicht geben, was er selbst nicht hat. Wo keine Chiffern sind, da ist auch kein Schlüssel!

Die ganze Scheinenträthselung richtet sich selbst durch die Absurdität ihrer Resultate. Diese Geheimschrift nämlich schildert William Shakespeare als einen Menschen, der mit zwanzig Jahren bei seinen Wilddiebereien einen Schuß in den Kopf bekommt und ein häßliches Loch in der Stirn davonträgt; der dreizehn Jahre später, von Krankheiten entstellt und entkräftet, unsicheren Ganges einherschwankt, zugleich aber stark, groß, wohlbeleibt ist und den Falstaff unübertrefflich spielt. Ein solcher Mensch existirt nicht.

Um die Industrie Donnellys richtiger zu bezeichnen, als das Wort "Mythus" besagt, lassen wir uns einen Ausdruck dienen, den das "Journal des Débats" schon zehn Jahre früher auf die Bacon-Theorie überhaupt angewendet hat. "Man erlaube mir", schrieb damals Herr Varagnac, "die Bacon-Theorie für nichts anderes zu halten, als was die Leute da drüben mit einem charakteristischen Worte benennen, welches in dem Vaterlande Barnums ebenso üblich ist, wie die Sache, die es bezeichnet: das Wort heißt «Humbug»."

KAPITEL VIII.DER GIPFEL DER BACON-MYTHEN.

1. Bacon als philosophischer Dichter.

Die Bacon-Theorie hat noch einen Schritt zu thun, und der Gipfel ihrer Mythenbildung ist erstiegen: sie bedarf weder des Promus noch der großen Geheimschrift, wenn sich nachweisen läßt, daß die Werke Shakespeares, die 36 Dramen der Folio, alle die Historien, Komödien und Tragödien philosophische Werke sind, insbesondere naturphilosophische, die als solche nicht William Shakespeare, sondern nur Francis Bacon, der erste Philosoph des Zeitalters, der Begründer der Naturphilosophie und des Empirismus, verfaßt haben konnte. Dies zu beweisen, hat nun die allerjüngste Bacon-Theorie unternommen.

Darnach habe Bacon das Hauptwerk seines Lebens, die große Erneuerung der Wissenschaften (Magna instauratio), welches in sechs Theile zerfällt, nicht nur theilweise, sondern ganz und vollständig ausgeführt: die erste Hälfte in drei prosaischen Werken (der Encyklopädie, dem Organon und der Naturgeschichte), die zweite in den 36 Dramen der Folio.

Philosophische Dramen sind allegorischer Art und gehören als allegorische Dramen zu jenen Maskenspielen, über welche Bacon einen seiner Essays verfaßt hat, der mit der Erklärung beginnt und endet, daß solche Spiele bloßer Tand (toys) seien.

Und er sollte die Absicht gehabt haben, die Hälfte seines größten Werkes in dieser Form auszuführen? Wir vergessen das große Schweigen, das absichtliche Dupiren! Dieser Essay soll dazu dienen, ihn selbst als dramatischen Dichter zu verschleiern: er ist ja ein heimlicher Dichter, ein geheimnißvoller, er ist Shakespeare! Eben darin besteht ja das Bacon-Geheimniß!

KAPITEL 2.BACON ALS ERFINDER DES PARABOLISCHEN DRAMAS.

Nach der allerjüngsten Bacon-Theorie soll Bacon gelehrt haben: daß das parabolische oder allegorische, insbesondere naturphilosophische Drama die höchste Gattung der Poesie sei. Diese Behauptung aber, in welcher die jüngste Bacon-Theorie hängt, wie die Thür in der Angel, ist von Grund aus falsch, und ich bin verwundert gewesen, daß unter der beträchtlichen Anzahl von Schriften darüber, die mir zu Gesicht gekommen sind, nur eine war, welche diese fundamentale Täuschung gemerkt hat.

In Wahrheit hat Bacon gelehrt, daß der menschliche Geist in seinem Innern die Welt abbilde, und zwar kraft seiner Vermögen (des Gedächtnisses, der Einbildungskraft und der Vernunft) auf dreifache Art: das Abbild der Thatsachen oder Begebenheiten sei die Weltbeschreibung oder G e s c h i c h t e, das der Ursachen oder Gesetze sei die W i s s e n s c h a f t aber vernunftgemäße Erfahrung (was man heute in Frankreich und England "positive Philosophie" nennt), das Abbild der Geschichte vermöge unserer Einbildungskraft, dieses imaginäre oder phantasiegemäße Abbild sei die P o e s i e.

Diese selbst ist wiederum dreifacher Art, da sie die Geschichte entweder in vergangenen Begebenheiten erzählt oder in gegenwärtigen Handlungen vorführt oder endlich als bedeutungsvolle Vorgänge darstellt: die erste Art der Poesie ist episch, die zweite dramatisch, die dritte parabolisch, wie die Gleichnisse, Fabeln und Mythen, die halb zur Veranschaulichung, halb zur Verhüllung moralischer und religiöser Wahrheiten dienen.

Es ist, beiläufig gesagt, höchst charakteristisch, daß Bacon die

Poesie nur als W e l t a b b i l d gelten ließ, daß er die lyrische

Gattung, die Darstellung des eigenen Innern, die Herzensergießungen,

die Sprache des Eros davon ausschloß und nicht zur Poesie, sondern zur

Rhetorik gerechnet hat. Glaubt man wirklich, daß dieser Mann ein

Dichter sein konnte, daß er der Dichter von "Romeo und Julia", daß er

Shakespeare war!?

Da wir im Traum Dinge für wirklich halten, die nur imaginär sind, so hat Bacon von der Poesie, diesem imaginären Abbilde der Welt, einmal gesagt, daß sie gleichsam ein Traum der Wissenschaft sei (tanquam scientiae somnium); er hat die Poesie ganz im Sinne der Renaissance als eine Art weniger der Wissenschaft als der Gelehrsamkeit und der gelehrten Bildung (genus doctrinae) betrachtet, ohne welche poetische Werke weder zu machen noch zu verstehen sind.

Das durchgängige Thema aller Arten der Poesie ist nach Bacon die G e s c h i c h t e (historia). Wenn er von der parabolischen Poesie als einer sinnbildlichen Geschichte (historia cum typo) sagt, daß dieselbe unter den übrigen Arten hervorrage (inter reliquas eminet), so hat er damit nicht den poetischen Werth, sondern den r e l i g i ö s e n Charakter der allegorischen Dichtung hervorheben wollen.

Es ist ihm nicht in den Sinn gekommen, die Arten der Poesie abzustufen oder dem Range nach zu ordnen: der epischen Poesie die dramatische, beiden aber die parabolische überzuordnen; es hat ihm noch weniger in den Sinn kommen können, nunmehr die dramatische und parabolische Poesie zu combiniren und das p a r a b o l i s c h e D r a m a für die höchste Gattung der Poesie zu erklären.

Eine solche Art der Anordnung und Abstufung kommt mir vor, als ob jemand das Militär in Soldaten zu Fuß, zu Pferde und zur See eintheilen, dann seiner Liebhaberei gemäß den Soldaten zu Fuß die zu Pferde und zur See vorziehen oder überordnen, endlich die beiden höheren Arten combiniren und nunmehr d i e R e i t e r z u r S e e für die höchste Gattung des Militärs erklären wollte! Genau so läßt die jüngste Bacon-Theorie in der Lehre Bacons die parabolischen und naturphilosophischen Dramen entstehen.

Der Begriff naturphilosophischer Dramen ist nicht bloß völlig unbaconisch, er ist auch in der Theorie und Geschichte der Dichtkunst völlig unbekannt. Was Erzählungen und Dramen, was Gleichnisse und Fabeln sind, weiß jeder; was naturphilosophische Dramen sind, weiß niemand. Die ersten Beispiele derselben hat auch zufolge der jüngsten Bacon-Theorie erst Bacon in den 36 Dramen der Folio geliefert.

Wenn eine Untersuchung zu Resultaten führt, die ihre Unmöglichkeit offen zur Schau tragen, so hat sie die Probe geliefert und abgelegt, daß sie falsch ist und in der Irre. Machen wir die Probe.

3. Der Anfang des ersten Hamlet-Monologs als das non plus ultra naturwissenschaftlicher Dichtung.

Der "Hamlet" repräsentirt ein naturphilosophisches Drama, worin Bacon seine Lehre vom menschlichen Körper und dessen Lebensgeist, von Gesundheit und Krankheit, von Leben und Tod und noch vielem Anderen dargelegt haben soll. Hier hat die jüngste Bacon-Theorie sogleich zwei Zeilen entdeckt, die nach ihrer wörtlichen Aussage "zu den am meisten mit Naturwissenschaft durchtränkten gehören, die je ein Dichter geschrieben habe".

Diese zwei Zeilen sind die Anfangsworte des ersten Hamlet-Monologs: "O, schmelze doch dies allzufeste Fleisch, zerging' und löst' in einen Thau sich auf!" In diesen Worten werden wir auf das anschaulichste über die drei Aggregatzustände der Körper belehrt: den festen, flüssigen und gasförmigen, wobei der Thau (dew) zu den Gasen gerechnet wird! Hamlet wolle sich auflösen und in das Weltall verflüchtigen. Gleich daraus nennt er die Welt "einen wüsten Garten, den Unkraut gänzlich erfüllt". Und doch will er Luft werden, um das Unkraut zu nähren? Dies die allerneueste Art, die Räthsel des "Hamlet" zu lösen, nicht auf physiologischem, sondern nunmehr auf chemischem Wege!

Nachdem ich diese Probe kennen gelernt, halte ich das naturphilosophische Drama nicht blos für unbaconisch und unerhört, sondern auch für unvernünftig und sinnlos.

4. Prospero und Pan.

Das herrliche Lustspiel "Der Sturm" enthält nach der jüngsten Bacon-

Theorie ein Gemenge naturgeschichtlicher Lehren von den Winden, den

Mißgeburten und Anderem, wozu der naturphilosophische Mythus vom P a n

kommt, wie Bacon denselben auffaßt und deutet.

Ein solches Gemenge zerstört schon die erste Bedingung eines Dramas, nämlich die sinnvolle Einheit der Handlung. Man nimmt uns das Lustspiel und servirt uns ein Simmelsammelsurium, eine Hexensuppe, die kein dichterischer Kopf ersinnen und kein gesunder Geschmack vertragen kann.

geschehen, was durch das lateinische oder unlateinische Wort «praetergenerationes» ausgedrückt wird. Zwischenformen sind Uebergangsformen, aber nicht Monstra. Caliban und Ariel im Sturm sind keine "Zwischenformen", auch keine natürlichen Mißbildungen (praetergenerationes), denn sie gehören nicht in die Natur, sondern in die Märchenwelt: Caliban als Ungeheuer, Ariel als Elementargeist.

Ich benutze die Anmerkung, um Einiges anzuführen, das in den Text aufzunehmen ich nicht für nöthig gehalten.

Der Vertreter der jüngsten Bacon-Theorie hat von den "36 philosophischen Dramen" nur vier nach seiner Art erörtert: den "Sturm", "Hamlet", "Verlorene Liebesmüh'", worin die Lehre vom Licht und den Leuchtstoffen dramatisch vorgetragen sei, und die Tragödie des "Lear", als in welcher Bacon die Lehre von

den Geschäften nach seinen Erläuterungen Salomonischer Sprüche dramatisirt
habe. Das Thema der Historien oder Königsdramen seien astronomische und
meteorologische Lehren; in den Gestalten der Könige, Vasallen, gefallenen Größen
erscheinen die Sonnen, Planeten, Monde, Sternschnuppen u.s.f.

In der Lehre von den Geschäften wird auch der zerstreuten Mannichfaltigkeit der
Anlässe zu allerhand Geschäften gedacht. Bacon bezeichnet diese zerstreute
Mannichfaltigkeit als «sparsae occasiones» und erklärt seinen Ausdruck durch
«universa negotiorum varietas». Der Vertreter der jüngsten Bacon-Theorie
übersetzt «sparsae occasiones» durch "Zerrüttete Geschäfte" und erinnert auch
daran, wie der nächtliche Sturm die Haare Lears auseinanderwehe und zerstreue
(crines sparsi)! S. Bormann, S. 111, 155 (Anmerkung).]

In Prospero habe Bacon den Mythus um Pan dramatisirt: Pan repräsentire das All,
Prospero sei in allen Dingen wohlerfahren; jener ist behaart, dieser hat einen
langen Bart; der eine trage einen Königsmantel, der andere einen Zaubermantel,
Pan sei der Führer, also der Herzog tanzender Nymphen, Prospero sei der Herzog
von Mailand, jener errege plötzlichen Schrecken, dieser Sturm u.s.f.

Dazu kommt noch, daß in der Folio der Sturm an e r s t e r Stelle steht, und in dem
zweiten Buch der Baconischen Encyklopädie, wo beispielsweise drei Mythen erörtert
werden sollen, der Mythus vom Pan auch an e r s t e r Stelle steht. Welcher tiefe
innere Zusammenhang!

Man braucht nur den "Schluß der drei Taugenichtse" auf Prospero und Pan
anzuwenden, so ist ihre Identität einleuchtend, denn beide sind behaart, beide
haben Mäntel u.s.f.

KAPITEL IX.DER GIPFEL DER UNKRITIK.

Mit der zunehmenden Würdigung der Werke Shakespeares ist in der begeisterten Anerkennung der Welt die Größe und Herrlichkeit dieses Dichters ins Unermeßliche gewachsen und hat eine Höhe erreicht, die über das Maß der litterarischen Vergleichungen weit hinausragt. Sobald aber einmal die superlativen Schätzungen Mode werden, bleiben auch die maßlosen Ueberschätzungen nicht aus. Die Grenze zwischen dem Enthusiasmus und der Manie, ich meine zwischen der Begeisterung und der Narrheit, wird überschritten, und der Kritik gegenüber erhebt sich nun die U n k r i t i k, die auch ihren Gipfel haben will.

Darf ich es offen sagen, daß von diesen Ueberschätzungen ins Blaue, von diesen Steigerungen Shakespeares ins Uebermenschliche und Absolute auch die deutsche Betrachtungsart nicht immer frei geblieben ist, auch nicht in einigen ihrer bedeutenden und nennenswerthen Repräsentanten; habe ich doch noch jüngst aus schätzenswerther Feder lesen müssen, daß ein einziger Vers in "Romeo und Julia" mehr werth sei, als alle Philosophie der Welt, nach welcher Schätzung man der Amme Juliettas einen Altar errichten müßte, um die Werke Platos und Kants darauf zu opfern!

Aber der eigentliche Typus und Gipfel der Unkritik ist nicht in Deutschland, sondern jenseits des Oceans ausgemacht worden: diesem Gipfel ist die Bacon-Theorie mit allen ihr zugehörigen Mythen entquollen. Man muß nur hören, was in den Büchern der Nathanael Holmes, Appelton Morgan u. a. zu lesen steht, um sich diesen Chimborasso von Dunst vorzustellen, in den sie die Werke Shakespeares verwandelt haben.

Da heißt es: "Wir scheuen uns nicht, mit unserer Verehrung des Verfassers der Werke Shakespeares die Grenzen des Götzendienstes zu überschreiten.—Er war im vollsten Besitz sowohl aller vor seiner Zeit vorhandenen Gelehrsamkeit, als auch alles seitdem angesammelten Wissens; die ganze Kunde der Vergangenheit, wie der unbeschränkte Zugang zu den Geheimnissen, die noch im Schoße der Zeit verschlossen waren, stand ihm zu Gebot; er besaß alles philosophische, astronomische, physikalische, chemische, geologische, historische, classische und sonstige Wissen. Dieser unermeßlich begabte Geist (myriad-minded genius), vertraut, wie er war, mit der ganzen Vergangenheit, Gegenwart und Zukunft, ist aus die Erde gekommen, um der Führer und das zweite Evangelium der Menschheit zu werden." So sagt wörtlich der Richter Nath. Holmes, der in die Fußstapfen der Ms. Delia Bacon trat und der eigentliche Begründer der Bacon-Theorie wurde. "Wenn alle Künste und Wissenschaften verloren gingen und nichts übrig bliebe als die Werke Shakespeares, so würde man jene aus diesen wiederherstellen können." So sagt wörtlich der Advocat A. Morgan.

Demnach war der Verfasser der Werke Shakespeares nicht blos das ausbündigste aller Genies, nicht blos ein nie dagewesener Übermensch, sondern ein absolutes Wunder, eine unerklärliche, geheimnißvolle, mysteriöse Erscheinung in der Geschichte der Menschheit. Siehe da das Shakespeare-Mysterium!

Und eine solche universelle Weisheit in voller Rüstung, wie die Minerva aus dem Haupte Jupiters, soll aus dem Gehirn des Warwickshirer Bauern, des Stratforder Fleischers geboren sein? Je ungeheuerlicher das Shakespeare-Mysterium, um so unbegreiflicher die Autorschaft des William Shakespeare. Siehe da der Shakespeare-Mythus! "Ich bin einer von den vielen", sagt Dr. Furneß, "welche nie im Stande gewesen sind, das Leben William Shakespeares und die Dramen Shakespeares innerhalb des Raumes einer Planetenbahn einander nahe zu bringen. Es giebt in der Welt nicht zwei mit einander weniger verträgliche Dinge."

Wenn man den Verfasser der Werke Shakespeares zum Gott heraufschraubt und den William Shakespeare aus Stratford zu einem Menschen herabwürdigt, der in seiner Jugend nicht viel besser war als ein S t r o l c h, in seinen späteren Jahren aber ein geriebener Theateragent, ein schnöder Geldmensch, ein harter Gläubiger und Wucherer wurde,—nun ja, dann sind alle die natürlichen Fäden zerrissen, die den Verfasser mit seinen Werken verknüpfen; dann schweben die Werke Shakespeares in der Luft, dann sind sie vacant, ihr Verfasser wird gesucht, die Erfinder der Bacon-Theorie geben sich für die ehrlichen Finder und verlangen ihren Lohn. Sie haben einen allwissenden und allmächtigen Bacon erfunden, der nicht blos den Shakespeare, sondern nach Donnellys Geheimschrift auch den Marlowe und nach Mrs. Windle auch den Montaigne geschrieben hat. Nun ist Auction! Wer bietet mehr? Ein jüngst erschienenes englisches Buch bietet, wohl um die Auction zu parodiren, das meiste: es läßt Bacon seinem Entzifferer bekennen, daß er nicht blos Shakespeare und Marlowe, sondern auch Robert Green, George Peel und alle Werke von Edmund Spenser verfaßt habe.

Dieser allwissende Verfasser der Shakespeare-Werke habe unter anderem schon die Entdeckungen gekannt, die erst nach seinem Tode gemacht wurden. So versichert A. Morgan und nennt als die beiden vorzüglichsten Beispiele Harveys Lehre von der Herzthätigkeit und Newtons Lehre von der Gravitation: er habe jene durch den Menenius im "Coriolan", diese durch die Cressida in "Troilus und Cressida" verkündet. Aber die Fabel des Menenius steht schon im Livius, und handelt ja nicht von der Thätigkeit des Herzens, sondern von der des Magens. Und wenn die treulose Cressida ihre Anziehungskraft auf alle Männer mit dem festen Mittelpunkt der Erde vergleicht, so muß man eine sonderbare Vorstellung von Newtons Astronomie und Gravitationslehre haben, um sie in "dem f e s t e n Mittelpunkt der Erde" wiederzuerkennen.

Und jener allwissende Mann sollte Bacon sein, dem es zum Vorwurfe gereicht, daß er den königlichen Leibarzt Harvey nicht zu würdigen gewußt, den deutschen Astronomen Kepler, seinen Zeitgenossen, und dessen Entdeckungen nicht gekannt, die Entdeckungen aber des Kopernikus und des Galilei verworfen und zu jenen Idolen oder Irrthümern gerechnet habe, die aus dem Bestreben nach falschen Vereinfachungen hervorgehen?

Wie kommt der allwissende Bacon zu allen jenen groben geographischen und historischen Irrthümern, die man von jeher dem unwissenden Shakespeare zur Last gelegt hat? Was die bekannten, zum Ueberdruß aufgezählten Anachronismen betrifft, die Anführung des Aristoteles im Trojanischen Krieg, die Trommeln im Coriolan, die Schlaguhr im Cäsar, die Kanonen im König Johann, die Löwen und Schlangen in den Ardennen u.s.f., so bleiben sie auf der Rechnung Shakespeares stehen, der als Regisseur aus Unwissenheit und Effecthascherei solche Dinge in die Stücke hineinpracticirt habe; wogegen die Reise zu Schiff von Verona nach Mailand in den "Beiden Edelleuten von Verona" und die Meeresküsten Böhmens im "Wintermärchen" zu jenen wunderbaren Einsichten gehören, die den Verfasser der Werke Shakespeares vor allen andern Sterblichen auszeichnen; denn es habe vor Zeiten einen Canal zwischen Verona und Mailand und böhmische Besitzungen am Adriatischen Meere gegeben, welche wiederzuentdecken nur der Magus vermocht habe, der die Shakespeare-Dramen gedichtet.

Daß der Verfasser dieser Werke ein Gott war, ist das erste Phantom; daß William Shakespeare ein unwissendes und schlechtes Subject war, ist das zweite; daß

Bacon ein allwissender Philosoph und ein allmächtiger Dichter war, ist das dritte: die Summe dieser drei Phantome heißt "Bacon-Theorie": sie besteht, wie ein amerikanisches Blatt schon vor Jahren gesagt hat, indem es auf einen schönen Ausspruch Prosperos anspielt, aus dem Zeug, woraus unsere Träume gemacht sind.

KAPITEL X.BACONS URTHEIL ÜBER SHAKESPEARE.

1. Bacon und das Theater seiner Zeit.

Die Dinge mit wachen Augen gesehen, so ist Bacon wieder der Philosoph und der Kanzler, Shakespeare wieder der Schauspieler und der Dichter. Und nun komme ich auf die Frage zurück: wie mag jener von diesem gedacht haben? Eines wissen wir genau: wie Bacon über die Schaubühne seiner Zeit gedacht hat. Dies ist die bekannte Größe. Suchen wir daraus die unbekannte zu gewinnen: sein Urtheil über Shakespeare.

Die Welt der dramatischen Dichtung sei das Theater, und nach dem Maße ihrer eigenen Bildung könne jene auf das Volksleben ebenso wohlthätig wie verderblich einwirken, beides um so gewaltiger, als ihre Eindrücke durch die Menge der Zuschauer vervielfältigt und dadurch außerordentlich verstärkt werden. Groß, wie der Nutzen, sei auch der Schaden, den das Theater stifte. Im Alterthum habe man die bildenden und veredelnden Einflüsse der Schaubühne gepflegt, in unsern Zeiten dagegen völlig vernachlässigt. Dort habe die «disciplina theatri» geherrscht, hier dagegen, herrsche die «corruptela theatri»: «disciplina theatri plane nostris temporibus neglecta».

Dieses Urtheil über die Schaubühne seiner Zeit steht in seinem großen Werk über den Werth und die Vermehrung der Wissenschaften, welches in demselben Jahre erschien als die erste Gesammtausgabe der Werke Shakespeares; es stand noch nicht in der ersten Ausgabe des Werks vom Jahre 1605, sondern erst in der vom Jahre 1623, nachdem die englische Schaubühne die Werke Shakespeares in ihrer ganzen Größe, in ihrem vollen Umfange erlebt hatte. Daher kann es nicht zweifelhaft sein, daß Bacon die Schauspiele Shakespeares nicht zu würdigen gewußt und, wie die Schaubühne selbst, en bloc gering geschätzt hat. 2. Die Schule Bacons. Voltaire.

Wie Bacons Urtheil über Shakespeare ausgefallen sein würde, wenn er ihn litterarisch beachtet hätte, ist mir nunmehr, nach genauerer Erwägung, einleuchtend genug: er sah in ihm ein Beispiel, wohl auch eine der wirksamsten Ursachen der «corruptela theatri». Auch von den Philosophen, die in seiner Richtung fortgeschritten sind, wie Hobbes und Locke, ist Shakespeare ungewürdigt und unbeachtet geblieben. Bacon aber ist durch Locke, dessen Lehre in Frankreich zur Herrschaft gelangte, der Vater des französischen Sensualismus und der Encyklopädisten geworden, die seine Bücher über den Werth und die Vermehrung der Wissenschaften als ihre große Erbschaft gepriesen haben.

Ein Jahrhundert nach Bacons Tod erschien Zuflucht suchend der jugendliche V o l t a i r e in England (1726), um hier einige Jahre zu bleiben, Sprache und Sitten, Denker und Dichter des Landes zu studiren und seinen Landsleuten bekannt zu machen. Als der größte Naturforscher galt ihm Newton mit Recht, als der größte Philosoph John Locke, er nannte ihn "den einzigen vernünftigen Metaphysiker, der überhaupt je auf Erden erschienen sei"; unter den Dichtern, mit denen er lesend und übersetzend sich beschäftigte, war außer Milton, Dryden und Pope auch Shakespeare. Er will der erste Franzose gewesen sein, der die Originalwerke Shakespeares gelesen, theilweise übersetzt und in Frankreich eingeführt hat. Über das englische Theater zur Zeit der Elisabeth hat Voltaire genau so gedacht wie Bacon: corruptela theatri, disciplina theatri plane neglecta! Er hat, was Bacon nicht gethan, dieses Urtheil ausdrücklich auf Shakespeare angewendet: unter den weltberühmten Schriftstellern er zuerst.

Die Epoche der Elisabeth war in seinen Augen die Blüthe Englands, nicht die des Geschmacks. Die Epoche Richelieus kam und mit ihr der große Corneille, die Epoche Ludwigs XIV. und mit ihr Molière und Racine; dagegen in dem Zeitalter der Elisabeth erschien Shakespeare: er trägt die Schuld, daß die Bühne so verwahrlost, das Theater so verwildert war, die Tragödie voller Ungeschmack und Unsitten, voller Possen und Obscönitäten, das Ernsthafte mit dem Lächerlichen, das Possenhafte mit dem Schauderhaften in unmittelbarer Verbindung: «la bouffonnerie jointe à l'horreur!»

Der Geist dieses Shakespeare erschien ihm wie "ein dunkles Chaos", worin einige Funken von Genie sprühten und leuchteten, aber auch nicht die leiseste Spur von Geschmack sich regte. Dies ist der Typus, dem Voltaire in seinem Urtheil über Shakespeare treu blieb. Als aber fünfzig Jahre, nachdem er den englischen Dichter kennen gelernt und seinen Landsleuten kennen gelehrt hatte, Shakespeare in Frankreich Mode zu werden anfing, als die Jugend in Paris für ihn zu schwärmen begann, als Letourneur eine Uebersetzung veranstaltete, die er dem König und der Königin widmen durfte, in deren Vorrede Shakespeare als der Genius des Theaters und der Tragödie gepriesen, Corneille dagegen mit keiner Silbe genannt war und ebensowenig ein anderer der großen französischen Schriftsteller,—da gerieth der greise Voltaire außer sich und beschwor in seinem Sendschreiben vom 25. August 1776 die französische Akademie, den Skandal zu verhüten und nicht zu dulden, daß die Grazien Frankreichs auf dem Altare Englands geopfert würden. Die französische Litteratur verhalte sich zur englischen, wie der Hof Ludwigs XIV. zu dem Karls II. "Ich sterbe", schrieb Voltaire kurz vor seinem Tode, "und hinterlasse mein Land dem Einbruch eines barbarischen Geschmacks." "Und ich bin Schuld daran!" rief er trostlos, "denn ich habe diesen «Gille-Shakespeare» in Frankreich bekannt gemacht." Hatte er früher Shakespeare einen trunkenen Wilden genannt, so hieß er jetzt "der rohe Possenreißer" («l'histrion barbare»).

KAPITEL XI.DIE DEUTSCHE SHAKESPEARE-KRITIK.

1. Lessing und Voltaire.

Voltaires Erbitterung war so niedergeschlagen und ohnmächtig, daß hier selbst der Witz und die Satire ihren Meister in Stich ließen. Er ahnte nicht, daß über Shakespeare und ihn schon seit einem Jahrzehnt in Deutschland ein Gericht ergangen war, welches die Stimme der Nachwelt geredet und deren Urtheil in der Hauptsache entschieden hat.

In den Jahren 1762-1766 war Wielands Shakespeare-Uebersetzung erschienen. Lessings "Hamburgische Dramaturgie" folgte ihr auf dem Fuße (1767-1769). Hier wurde Voltaire mit Shakespeare verglichen, gerade in den Stücken, wo er mit ihm hatte wetteifern wollen: das Gespenst des Ninus mit dem des Hamlet, die Eifersucht des Orosman mit bei des Othello: das qualmende Scheit Holz mit dem flammenden Scheiterhaufen; die Liebestragödie der Zaire mit Romeo und Julia: Voltaire verstehe sich wohl auf den Kanzleistil der Liebe, aber in der Kanzlei wisse man nicht immer die eigentlichen Geheimnisse der Regierung. Und als Weiße in seinem "Richard III." sich dagegen verwahrte, an Shakespeare ein Plagium begangen zu haben, so bemerkte Lessing: "Vorausgesetzt, daß man eines an ihm begehen kann. Aber was man von dem Homer gesagt hat, es lasse sich dem Herkules eher seine Keule als ihm ein Vers abringen, das läßt sich vollkommen auch von Shakespeare sagen. Auf die geringste seiner Schönheiten ist ein Stempel gedrückt, welcher gleich der ganzen Welt zuruft: "Ich bin Shakespeares!" Und wehe der fremden Schönheit, die das Herz hat, sich neben ihr zu stellen! Shakespeare will studirt, nicht geplündert sein." "Alle, auch die kleinsten Theile beim Shakespeare sind nach den großen Maßen des historischen Schauspiels zugeschnitten, und dieses verhält sich zu der Tragödie französischen Geschmacks, ungefähr wie ein weitläufiges Frescogemälde gegen ein Miniaturbildchen für einen Ring. Was kann man zu diesem aus jenem nehmen, als etwa ein Gesicht, eine einzelne Figur, höchstens eine kleine Gruppe, die man sodann als ein eigenes Ganzes ausführen muß. Ebenso würden aus einzelnen Gedanken Shakespeares ganze Scenen und aus einzelnen Scenen ganze Aufzüge werden müssen. Denn wenn man den Aermel aus dem Kleide eines Riesen für einen Zwerg recht nutzen will, so muß man ihm nicht wieder einen Aermel, sondern einen ganzen Rock daraus machen."

Daß in den Dichtungen Shakespeares Funken und Blitze des Genies zu sehen sind, die oft auf das wunderbarste die Naturwahrheit der Dinge erleuchten, dies hatte auch Voltaire nicht verkannt; das Ganze aber erschien ihm wie "ein dunkles Chaos". Nun, dieses Chaos klärte sich auf, und es zeigte sich ein wohlgeordnetes, wundervolles Gemälde, als Lessing hineinschaute. "Shakespeare", sagte er, "will studirt, nicht geplündert sein. Haben wir Genie, so muß uns Shakespeare das sein, was dem Landschaftsmaler die camera obscura ist: er sehe fleißig hinein, um zu lernen, wie sich die Natur in allen Fällen auf Eine Fläche projectiret, aber er borge nichts daraus."

Wo Voltaire ein «c h a o s o b s c u r» gefunden hatte, entdeckte Lessing eine «c a m e r a o b s c u r a». Der Unterschied beider in Ansehung ihrer Schätzung und Beurtheilung Shakespeares läßt sich nicht kürzer und treffender bezeichnen als mit diesen Ausdrücken, welche sie selbst gebraucht haben.

2. Goethe.

Indessen war es nicht genug, anzuerkennen, daß Shakespeare nicht blos ein gewaltiges Genie, sondern auch ein großer K ü n s t l e r gewesen sei; daß er nicht blos zu blitzen und zu donnern vermocht, sondern auch seine Werke künstlerisch gestaltet, geordnet und componirt habe: es mußte im einzelnen an einer seiner großen Dichtungen nachschaffend gezeigt werden, wie tiefsinnig angelegt, durchdacht, in allen seinen Theilen berechnet das Ganze sei. Dies ist in eminenter und vorbildlicher Weise zuerst durch G o e t h e geschehen in seiner Analyse des Hamlet im vierten und fünften Buche der Lehrjahre Wilhelm Meisters. Dieses Werk erschien 1795. Ein Jahrhundert ist seitdem vergangen, und es geziemt sich wohl, an dem heutigen Tage diese schöne säkulare Erinnerung zu feiern.

3. Goethe und Schiller.

Schon im nächsten Jahre vereinigten sich beide Dichter gegen die niedere, feindlich gesinnte Litteratur zu dem Feldzuge in den "Xenien": hier ließen sie auch "Shakespeares Schatten" erscheinen, dem Herakles in der Unterwelt vergleichbar, wie Homer ihn beschrieben, riesig, Schrecken erregend, stets seine Ziele treffend und durchbohrend mit dem nie fehlenden Pfeil, umstürmt und umtobt von dem lärmenden Gefolge der Nachahmer:

"Schrecklich stand das Ungethüm da, die Hand an dem Bogen,

   Und der Pfeil auf der Senn' traf noch beständig das Herz!

Rings um ihn schrie, wie Vögelgeschrei, das Geschrei der Tragöden,

   Und das Hundegebell der Dramaturgen um ihn."

Das Studium Shakespeares hatte Lessing empfohlen, nicht die Entlehnung oder die Nachahmung, die so leicht in die Wildbahn des rohen und gemeinen Naturalismus entartet. Es mußte die echte Nachfolge Shakespeares von der unechten wohl unterschieden werden. Wenn Voltaire wider die heranstürmenden Geister eines wilden und wüsten Naturalismus sich und seine Kunst, den Geschmack und die Regel, mit einem Worte die Grazien Frankreichs vertheidigt hatte, so war er keineswegs nur im Unrecht. Auch hatte diesem Rechte Lessing nicht widersprochen, er hatte in dem eigenen Vaterlande schon das Geschrei der Stürmer und Dränger vernommen und über die Genies gelacht, die aller Regel den Krieg erklären wollten, während doch das wahre Genie selbst die Regel giebt. Aber erst nachdem die deutsche Kunst ihrem Führer gefolgt war und in der echten Nachfolge der Alten und Shakespeares ihre volle Selbständigkeit und Höhe erreicht hatte, war der Zeitpunkt gekommen, auch Voltaire gerecht zu werden. Ein denkwürdiger und höchst interessanter Moment in der Geschichte der Weltlitteratur, als Goethe den "Mahomet" Voltaires im Januar 1800 hier in Weimar auf die Bühne brachte und Schiller ein Gedicht voller Beistimmung und Huldigung an ihn richtete. Er blickte zurück auf die Bahn, welche Lessing zur Originalität gewiesen hatte:

"S e l b s t in der Künste Heiligthum zu steigen,

Hat sich der deutsche Genius erkühnt,

Und auf der Spur der Griechen und des Britten

Ist er dem besseren Ruhme nachgeschritten."

Nunmehr hat die dramatische Kunst der Deutschen die Welt zum Theater, und es gilt von ihr in Wahrheit das Wort Bacons «theatrum pro mundo habet»:

"Erweitert jetzt ist des Theaters Enge,

In seinem Raume drängt sich eine Welt,

Nicht mehr der Worte rednerisch' Gepränge,

Nur der Natur getreues Bild gefällt.

Verbannet ist der Sitten falsche Strenge,

Und menschlich redet, menschlich fühlt der Held;

Die Leidenschaft erhebt die freien Töne,

Und in der Wahrheit findet man das Schöne."

Wir sind zu einer Reihe glänzender Erinnerungen gelangt, die auf das Weimarische Doppelgestirn und einige der Werke hinschauen, die das Ende des vorigen Jahrhunderts gekrönt haben. Glorreiche «fin de siècle!» Am Ende des neunzehnten Jahrhunderts scheint unsere dramatische Kunst die Mahnung vergessen zu haben oder verachten zu wollen, die sie im letzten Jahre des achtzehnten in jenem Gedichte empfing:

"Doch leicht gezimmert nur ist Thespis' Wagen,

Und er ist gleich dem acheront'schen Kahn,

Nur Schatten, nur Idole kann er tragen,

Und drängt das rohe Leben sich heran,

So droht das leichte Fahrzeug umzuschlagen,

Das nur die flücht'gen Geister fassen kann.

Der Schein soll nie die Wirklichkeit erreichen,

Und siegt Natur, so muß die Kunst entweichen."

Das Gedicht enthält zwei scheinbar widersprechende Sätze: "Nur der Natur getreues Bild gefällt". "Und siegt Natur, so muß die Kunst entweichen." Wer diese beiden Sätze richtig versteht und darum zu vereinigen weiß, erkennt den Genius der Goethe-Schiller-Epoche und der goldenen Zeit der Weimarischen Kunst, deren fortwirkender Kraft wir es danken, daß in dem jüngsten Menschenalter hier in Weimar unter dem Schutz und Schirm des erhabenen Fürstenpaares die Deutsche Shakespeare-Gesellschaft und die Weimarische Goethe-Gesellschaft entstanden und fortgediehen sind.